VOYAGE

AU ROYAUME

DE COQUETTERIE.

VOYAGE

AU ROYAUME

DE COQUETTERIE.

PAR FRANÇOIS HÉDELIN.

NOUVELLE ÉDITION.

PARIS,

CHEZ CLAUDE MERCIER,

IMP.-LIBRAIRE ET HOMME DE LETTRES,

Rue du Coq Saint-Honoré, No. 120.

1793.

AVIS

L'ouvrage que nous réimprimons eut beaucoup de succès lorsqu'il parut pour la première fois en 1660. Il fut publié sous le voile de l'anonyme, parce que l'état de son Auteur ne lui permettoit pas de l'avouer. Aujourd'hui qu'il est permis de tirer le rideau, nous allons donner au Lecteur un extrait de la vie et des Ouvrages de cet Ecrivain.

François Hédelin, Abbé d'Aubignac et de Maimac, né à Paris en 1604, fut d'abord Avocat, puis Ecclésiastique. Il fut Précepteur du Duc de Fronsac, neveu du Cardinal de Richelieu, ce qui lui valut la protection de ce Ministre et deux Abbayes. Il fut tour-à-tour grammairien, humaniste, poëte, antiquaire, prédicateur et roman-

A 3

cier. Il eut beaucoup de feu dans l'ima-
gination , et plus encore dans le carac-
tère. Son humeur hautaine , présomp-
tueuse , difficile et bisarre lui suscita des
querelles avec la plupart des gens de Lettres , tels que Corneille , Ménage , Richelet,
et Mlle Scudery ; celle - ci lui reprocha
d'avoir copié sa CARTE DE TENDRE.
(Voyez pour le reste le Dictionnaire des
Grands Hommes, page 257, tome III.)
Il mourut à Nevers en 1676, à 72 ans.

Ses Ouvrages sont : 1°. Macarise, ou la
Reine des Iles fortunées. Paris. 1666. 2 vol.
in-8°. 2°. Térence justifié : Livre plein de
recherches sur le Théâtre ancien. 3°. Pra-
tique du Théâtre. 2 vol. in-8°. Paris. in-4°.
4°. Zénobie, Tragédie en prose. 5°. On lui
attribue un Traité curieux et peu commun,
des Satyres, Brutes, Monstres, etc. Paris.
1627. in-8°.

VOYAGE

AU ROYAUME

DE COQUETTERIE.

LA curiosité de voir les Terres
et les Nations éloignées, m'ayant
fait embarquer au Port de Touvent,
nous fîmes une route assez heureuse
durant quelques jours ; mais en nous
éloignant des dernières côtes de
l'Afrique, nous tombâmes dans des
courants que les Pilotes ne con-
noissoient point ; et ne pouvant
pas résister à leur impétuosité, nous
fûmes emportés auprès d'une Ile qui
n'avoit point encore été découverte,

et qui n'est point marquée sur les cartes marines.

D'abord nous y vîmes tant de Coqs et de Gelinottes de tout plumage, que nous en prîmes sujet de la nommer l'Ile des Coquets. En quoi nous rencontrâmes assez bien, parce que la ville capitale se nomme Coquetterie, et le Prince qui la gouverne, l'Amour Coquet, Aussitôt que nous eûmes jetté l'ancre, le mouillage étant presque bon partout, nous fîmes descendre à terre le capitaine la Jeunesse, avec deux de nos meilleurs soldats, Bon - temps et Belle-humeur, pour découvrir le pays et sur la foi desquels je vous en fais cette Relation.

Cette Ile est située vers le Cap de Bonne - Esperance, regardant au

Tropique du Capricorne , remplie de plusieurs Fontaines d'eau de fleur d'orange , d'arbres qui toujours ont la tête verte, et d'une si grande quantité de Muguet et de Marjolaine, que l'air en est tout parfumé.

Les terres y sont assez fertiles , et même quelque fois plus que les habitants ne voudroient ; car en ces rencontres, comme elles portent à contre - temps , les fruits en sont mûrs avant la saison, d'où naissent plusieurs différents contre le bien de la chose publique et le repos de l'Etat.

L'air est si sain, qu'on n'y voit jamais de grandes maladies, et pour peu qu'une Coquette ait le teint mauvais ou quelque rougeur apparente, elle s'en plaint à tout le monde comme d'un outrage que la Nature fait à l'Amour. Ce n'est pas qu'il soit défendu d'y garder le lit, pourvû que ce soit pour tenir ruelle plus à son aise, diversifier son jeu, ou d'autres intérèts que l'expérience seule peut apprendre.

A l'Orient de l'Ile sont deux Châteaux célèbres, Oisiveté et Libertinage, où les hommes sont ordinairement obligés de prendre l'attache des Gouverneurs pour avoir entrée favorable à la Cour; et vers le couchant sont deux maisons de Campagne, Tête-folle et Courte-monnoye, où plusieurs des Dames qui suivent l'Amour Coquet, vont chercher leur attestation de vie et mœurs.

L'Amour Coquet, qui règne sur

tous les peuples de ce pays, est un Prince jeune et qui ne vieillit jamais ; aussi ne reçoit - il en son Etat aucuns Vieillards, que pour en faire le jouet des compagnies ; il fait tous ses desseins à la volée, et ne prend jamais conseil. On tient qu'il est frère de l'Amour, ce souverain des Monarques, qui tient sous sa puissance les Elémens et les Cieux, mais frère bâtard, Enfant de la Nature et du désordre, et qu'il en a mal à propos usurpé le nom et les armes. Aussi est - il vrai que ses affections sont toujours mélées d'intérêt ; que l'on y voit plus les déréglemens de l'Amour, et les intrigues de Plutus, que la conduite de la raison.

A l'entrée de la Ville capitale, est une place nommée Cajolerie ou-

verte de tous côtés, et qu'on a rendu
spacieuse par la ruine d'un vieux
Temple de la Pudeur, qu'autrefois
on y avoit bâti. Là, se rendent tous
les jours sans y manquer, les Chu-
cheteurs fieffés et les Administrateurs
des choses médiocres, avec des
Idoles animées qui veulent abso-
lument être encensées à tort ou à
droit. On y voit plusieurs bouti-
ques mouvantes assez bien parées,
mais sans ordre, où les Marchands
donnent pour rien des louanges sur
toute sorte de sujets, à condition de
n'en point examiner la vérité, des
protestations d'amitié peu sincères
et des sermens de fidélité mal ob-
servés, des assurances, des souhaits
desintéressés, des plaintes de mécon-
noissance, et des désespoirs en apparence.

parence, avec force beaux mots,
paroles douces, regrets affectés pour
un départ, et mille morts pour une
absence de quatre jours. Il n'est pas
permis d'y vendre des frondes, fus-
sent-elles de soye ou de canetille
d'or et d'argent. Il ne s'en trouve
qu'au quartier de la jalousie, pour
s'en servir adroitement contre les
Rivaux et les Trouble-fêtes.

C'est dans cette Ville que l'Amour
coquet tient sa cour publique,
mais le lieu qui lui sert de retrai-
te pour recevoir les hommages se-
crets de ses courtisans, est le Palais
des bonnes fortunes : c'est une maison de Plaisance dont la Nature a
jetté les fondemens, sur lesquels l'ar-
tifice a depuis élevé beaucoup d'ajus-
temens et de décorations. Toutes

B

les portes y sont faites de faux plaisirs, et les appartemens de honte
perdue, et tout ce qui s'y passe de
plus secret se peut nommer un
mystère scandaleux ; le silence y
commande sous l'autorité de l'Amour
Coquet, mais souvent l'indiscrétion
et quelquefois le dégoût, en laissent
approcher les faux bruits qui sont
les avant-coureurs de la Renommée,
sur le rapport desquels elle ne peut
retenir les chamades de sa trompette
et le caquet de ses cent langues. Ce
Palais est dans un Vallon si couvert
d'arbres et de retranchemens, qu'il
n'est pas facile de le voir ni de l'a-
border, les seuls privilegiés en ont
l'entrée libre, encore que ce soit le
dernier but de tous les coquets, et
que plusieurs s'efforcent de persua-

der qu'ils en sont revenus. Ils en sçavent tous la situation et les chemins qui les y peuvent conduire ; mais comme il y en a plusieurs et fort différens , chacun prend celui qui revient mieux à son humeur.

Les uns vont par la Plaine des Agrémens, qui est le plus beau et le moins périlleux.

D'autres prennent la route d'Or, qui sans doute est la plus certaine et où l'on fait beaucoup de chemin en peu d'heures ; mais il n'est pas permis à tout le monde d'y passer, elle est presque réservée aux enfans de la Maltôte, et autres de pareille force.

Il y en a qui vont par le Gué de l'Occasion , qui n'est pas le plus mauvais chemin, mais il faut être soigneux de regarder sa montre à chaque bout de champ, pour bien prendre l'heure du Berger.

Quelques uns s'arrêtent au Sentier de la Reconnoissance, mais c'est le plus long et le moins assuré.

Aucuns passent par le Fort d'Entreprise, c'est bien le plus court, mais il est dangereux de s'engager dans le mauvais pas du contre-temps, car c'est un endroit inaccessible, et qui contraint les voyageurs de retourner sur leurs pas.

Les Dames ne tiennent pas toutes ces mêmes chemins ; car souvent elles vont par les Montagnes des Avances, d'autres par la Vallée de Tolérance, et plusieurs par la Solitude Favorable.

Il y en a qui suivent aussi quelquefois la route d'Or ; mais c'est quand elles y sont engagées par deux mauvais guides , Grand âge et Petit Mérite.

Mais la meilleure voie pour les uns et les autres est le chemin de moitié figue et moitié raisin ; il est fort propre à ceux qui savent un peu plaire, un peu souffrir, et un peu donner, attendre quelques tems et entreprendre quelquefois, et ces gens là sont les mieux venus de l'Amour Coquet

A sa cour, sont toutes sortes de personnes, depuis les Princes et Princesses jusqu'aux Bourgeois et Bourgeoises de toutes conditions et de toutes tailles.

Ce n'est pas que les sujets de cet Etat soient considérés sous ces di-

vers titres , car ils sont distingués par
d'autres qualités bien plus illustres.

Les uns sont les Soupirans, qui
ne sont jamais vêtus que de chagrin , couleur de pensée , à fond de
souci.

Les Enjoués , toujours habillés de
tricots, pirouettes, et mots pour rire.

Les Aventuriers, qui ne sont couverts que de taffetas changeant , qui
courent toute sorte de chemins , et
ne s'éloignent jamais du Port de
l'Entreprise.

Les Anes d'Or , pompeusement
vêtus, mais au reste peu considérables,
qui dépensent beaucoup et font très-
peu de proffit.

Là pêle-mêle se voyent des Go-
deluraux de tous cheveux, des tous-
Canos, des Goguehards et des Tur-

lupins , avec des Enfans gâtés des modes , qui ne laissent pas d'être d'Evêques Meuniers ; tous néanmoins Abbés de cour , quoiqu'un peu blancs de farine.

On ý voit aussi des Coquets s'ébattre aux jeux, armés avec des armes de ferblanc , mais si bien travaillé , qu'ils s'imaginent être couverts d'acier bien trempé à toute épreuve ; aussi se nomment-ils les Esprits forts ; ensorte qu'à la première attaque, ils se sentent toujours percés. Ils parlent peu , si ce n'est pour faire savoir tout ce qu'ils ignorent , et font vanité d'ignorer ce qu'ils devroient savoir ; ils se sont érigés eux mêmes en Reformateurs généraux de coquetterie , sans que personne veuille déférer à leurs ordres ,

et se sont rendus les plus sots et les
plus importuns de tous les coquets.

Mais il n'y a rien de plus diver-
tissant à voir que les cœurs volans
dont cette ville est toute pleine ; ils
sont couverts d'ailes et de flâmmes ;
et on s'étonne que leur feu soit si doux
qu'il ne brule point leurs plumes ;
ils parlent et content de jolis mots
à toutes les Dames qu'ils rencontrent,
sans se mettre beaucoup en peine
d'être véritables ni de répéter ; ils
font une secte particulière dont ils
disent qu'un certain Hylas est fon-
dateur; ils ont pour formulaire de leur
vie , l'Histoire des Amans Volages
et portent pour devise : Qui plus en
aime , plus aime. Dans une même
conversation ils volent sur l'épaule
d'une Dame , sur la tête d'une autre

et se laissent aisément prendre à la main, ils font hommage aux yeux de celle - ci, aux cheveux de celle-là, ils adorent la bouche de l'une, et la taille de l'autre, ils s'attachent à tout et ne tiennent à rien, chacun se raille d'eux et ils en rient, car ces Cœurs volans savent rire, aussi-bien que parler.

Quant aux Dames, on y voit les Admirables qui n'ont rien de merveilleux que le nom.

Les Précieuses qui maintenant se donnent à bon marchè.

Les Ravissantes qui tirent plus à la bourse qu'au coeur.

Les Mignonnes, qui d'ordinaire ont l'esprit aussi mince que le corps.

Les Evaporées, qui dansent par tout sans violon ; qui chantent sans dessein, qui parlent de tout sans garantie, et qui répondent à tout sans malice, à ce qu'elles disent.

Les Embarrassées ayant toujours dix Parties dans la tête et dix Galans à la queue.

Les Barbouillées qui sont de trois sortes ; les unes sont les Barbouillées de blanc, les autres Barbouillées de rouge et les dernières les Barbouillées de gras, qui fuyent autant le Soleil que les autres craignent la pluie.

Il y en a même qui portent la qualité de Saintes, mais de Saintes ni-touche, qui refusent tout devant le monde, et laissent tout prendre en particulier.

Les mieux venues à la Cour et les plus recherchées des Coquets sont les Malassorties, qui ne sont pas ainsi nommées pour être dépourvues de graces et d'ornement, mais ce sont de jeunes beautés, lesquelles, pour avoir été condamnées injustement à souffrir la domination d'un Vieillard, d'un fâcheux ou d'un Sot, se sont pourvues au Conseil de l'Amour Coquet, où leur ayant été fait droit, elles ont obtenu dispense de demeurer à la maison, ou la liberté d'y faire tout ce qui leur plait. Dans les plus sérieuses conversations, on n'y trouve que des vendeurs de Sornettes, Colporteurs de badineries, crieurs de Sonnets, Épîtres douces, chansons nouvelles, Stances, Elégies et autres menues denrées du Mont Parnasse.

Les bons Ouvriers y viennent aussi comme les faiseurs de contes

à dormir debout, les Emmancheurs
de ballets, les Expéditionnaires de
cadeaux et collations, les Intro-
ducteurs de comédies et Ajusteurs
de Promenades ; et l'on y voit beaucoup de gens qui n'achétent rien
plus cher que les couvertures de
petits voyages à faire, les mauvaises
excuses de découchement, les pré-
textes de juppes données et autres
finesses cousues de fil blanc pour
tromper les Intéressés.

Et bien que l'Amour coquet ne
reçoive aucun hommage, et n'ac-
corde aucun privilége qu'aux natu-
rels du pays, il y souffre néanmoins
pour la commodité du commerce,
et la subsistance de son Etat, quatre
sortes d'Etrangers.

Savoir, les Embabouïnés, qui sont

des gens si adroitement caressés de leurs femmes qu'ils ne croyent pas qu'aucun en partage avec eux le corps et l'esprit.

Les Jodelets , qui sont en doute , mais qui n'osent s'éclaircir , ni se plaindre de peur d'être battus.

Les Difficiles à ferrer ainsi nommés, parce qu'ils se tiennent toujours fâcheux, qui font les Diables à quatre pour éviter un coup de cornes dont néanmoins ils ne se sauvent point.

Et les Souffrans , qui savent bien ce qu'il sont , mais qui ne veulent point faire de bruit , craignant la perte des Finances ou la ruine de la cuisine.

La Monnoye courante du Pays porte d'un côté une Gelinotte de Ville et au revers un coucou.

C

Mais ce qui doit donner quelque
estim. particulière à l'Amour coquet;
c'est qu'ayant donné aux Maltôtiers la
liberté de négocier dans ses Etats,
il ne leur a jamais permis de pro-
poser en son conseil aucunes nouvelles impositions, ayant toujours
été content des anciennes; car dans
la Ville de coquèterie, il n'exige
rien que des visites assidues, des
soupirs imprévus, et des desirs
mal expliqués, les droits communs,
les devoirs d'une foi douteuse et
d'un hommage à tous venans; Et
dans les endroits où ses vassaux
sont plus pressés, ils ne lui doivent
souvent que la bouche et les mains,
sinon qu'en quelques coûtumes lo-
cales, on y ajoute la gorge ; mais
dans son Palais des bonnes Fortunes

il tire Tribut de tout, de la nature
et de l'art, de toute sorte de Mar-
chandises belles ou laides et de toute
sorte d'animaux jeunes ou vieux,
de toutes charges et emplois, maisons de ville et de campagne, et
veut même qu'on lui abandonne
l'honneur et la conscience, tenant
des bureaux toujours ouverts pour
en recevoir le paiement de jour et
de nuit.

La plus chérie de toutes les
Dames de la cour, dont le conseil
est plus généralement suivi, c'est
la Mode; elle est originaire de
France, un peu sotte, mais non pas
désagréable; son humeur est bizarre
et fort changeante, elle condamne
aisément sans sujet ce qu'elle avoit
estimé sans raison, et du caprice

d'une Coquette un peu renommée,
elle en fait une Loi pour tout le Royaume. Elle a l'Intendance des étoffes,
couleurs et façons, mais comme les
femmes ne peuvent se renfermer
dans un pouvoir légitime ; et qu'elles
l'étendent assez volontiers, elle
entreprend sur tout, et même sur
le langage, au préjudice des droits
de l'Académie, de sorte qu'on n'ose
plus y rien faire ni rien dire qu'à
la Mode. Encore est-elle devenue
si puissante qu'elle à dépouillé les
coquets et coquettes de tout ce
qu'ils possédoient, pour se l'appro-
prier. Et quand on leur demande,
quels cheveux avez vous ; quels
rubans ; quelle coëffure ; ils répondent
tous, c'est à la Mode. Voire même,
n'ont-ils plus leurs yeux, leurs

bouches, ni leurs demarches, tout est à la Mode. Enfin par une obligation générale de n'avoir plus rien à soi ; il faut que tout soit à la Mode.

Mais la plus agissante personne de cette cour est une vieille Italienne nommée l'Intrigue ; elle est d'une naissance fort obscure, et jusqu'ici, les historiens n'en peuvent bien nommer ni le père ni la mère, elle va toujours masquée, soit pour la difformité de son visage ou pour se rendre autant qu'elle peut méconnoissable. On ne peut pas dire au vrai comment elle est vêtue, parce qu'elle est souvent déguisée, tantôt elle s'habille en Princesse et tantôt en Gueuse, elle prend même quelque fois un froc et de toutes couleurs,

ayant ainsi l'entrée libre en des lieux
oû autrement elle seroit suspect.
Quelquefois elle est comme ce
Vieilles chargées de chappelets,
Médailles, de grains bénits, et souvent elle fait la revendeuse de poin
de Gênes, Passements de Flandres
et de toute sorte de bijoux. Ell
marche plus souvent la nuit que le
jour, et plutôt en carosse qu'à pied
elle ne parle jamais qu'à voix bass
et presque toujours à l'oreille, mai
elle ne débite que fourbes, troubles
noises, séparations de corps et d
biens et toutes sortes d'ouvrages
cornes. Enfin, c'est une dissimulé
malfaisante, envieuse et la plus
méchante femme du monde, qui
ne laisse pas néanmoins d'avoir accès
dans les cabinets dorés, ruelles de

lit, cellules de Moines et autres lieux profanes et saints.

Dans la Ville, il y a des lieux destinés à faire les combats de Belles Juppes et Tournois de Chars dorés. Or, Belles Juppes sont certains animaux qui n'ont ni pieds ni têtes, et qui ne laissent pas d'aller par tout et de manger bien du pain. Il y en a qui ne sont que des ouvrages de vent, quoique chargées d'or et d'argent en toute manière, qui ne produisent que du vent; d'autres sont des Porteuses de nouvelles du Palais des bonnes fortunes, mais seulement en faveur de ceux qui s'y laissent conduire. On en voit aussi qui ne sont que des livrées de contre-cœur, qu'un Mari ne voit qu'avec soupçon ou ne donne qu'en rechignant;

mais de quelque qualité qu'elles
soient, elles se mettent indistin-
tement sur les rangs et courent
toutes en la même lice. Et pour les
Chars dorés, ce sont machines à
rouler riches Coquets, et riches Coquettes, sans vie, mais non pas
sans ame, car ils en ont souvent
beaucoup et quelquefois avec peu
d'esprit. Les premiers venus au Tournois ne sont pas les meilleurs, mais
bien ceux qui demeurent les derniers,
car étant délivrés de la foule, ils
exécutent mieux les beaux desseins :
ils poussent, avancent, reculent,
jettent lances à feu sans bruler, dards
aigùs sans percer, grenades sans faire
mal , et souffrent même avec eux
d'autres chars Bourgeois qui ne font
pas les moindres coups. Enfin, de

tous les divertissemens ordinaires,
le mystère est le plus public et le
molns étendu et ceux qui ne peuvent pas expliquer les signes dés
yeux, les gesticulations de tête et
les autres Enigmes d'afféterie, ne le
prennent que pour un embarras
importun de carosses, capable de
donner la Migraine. Ce n'est pas
qu'il soit plus facile de découvrir
le secret nocturne de leurs Musiques
invisibles qui servent de Voile à
pis faire, et qui donnént souvent
martel en tête à tout le voisinage,
mais au moïns font elles une occupation agréable pour ceux qui se
veulent divertir aux dépens d'autrui.

En un lieu de la ville, le plus
éminent et le plus accessible, est
le grand Magasin tout rempli de

fers à friser de toutes figures, boëtes à mouches d'or et d'argent, poudres de Senteurs, de miroirs, masques, rubans, éventails, papier doré, brasselets de cheveux, peignes de poche, moustaches, bijoux, essences, opiats, gommes, pommades et autres ustensiles de ménage. Autour du magasin, sont les Ouvriers dont les uns ne sont occupés qu'à tailler mouches et dresser des plans pour bien arranger les assassins sur le nez ; à quoi personne ne peut travailler qu'après chef d'œuvre ; à laver des gants, et composer drogues pour débarbouiller le nez et blanchir les mains, à faire garnitures de toutes couleurs, glands, panaches, croupes, échelles, et bouquets de toutes fleurs, et en toutes saisons.

Quelques uns y font profession d'un art nouveau , d'ajusteurs de gorges , se faisant fort d'empêcher les grosses de trop paroitre et de donner du relief aux imperceptibles.

Et d'autres nommés les Cognes-fétu ne s'employent qu'à rechercher l'huile de Talc.

Dans un autre lieu fréqnenté des plus beaux Esprits du Pays est un noble Edifice qui sert de Bibliothéque publique aux Coquets ; elle est bâtie d'imaginations ridicules et de souhaits rarement accomplis, et fournie de plusieurs manuscrits jusquà présent inconnus , tant en langue vulgaire que Narnoise. En voici les principaux , et les plus soigneusement étudiés.

Le cours de la Bagatelle en trois

volumes, dont le premier est l'A-
dresse des Badins, le second, l'in-
troduction des ruelles, et le troi-
sième, la conduite des Idiots.

Les Observations du ciel pour con-
noître l'heure du Berger.

L'Invention, pour peu donner et
faire grands progrès.

Les règles du cours, avec l'expli-
cation des Gestes et Révérences qui
s'y font, œuvre très-utile pour les
nouveaux venus.

Les Infortunes d'une Admirable
à qui personne ne contoit fleurettes
qu'en la raillant, et qu'on n'encen-
soit jamais sans lui donner quelque
nazarde.

La déconvenue d'une Embarras-
sée qui s'évanouit un jour dans
l'empressement, et la difficulté de
choisir

choisir entre deux coquets de différentes qualités, et se résolut de les conserver tous deux, pour ne plus mettre sa vie en péril.

Le contraste de deux coquettes sur la question de savoir, s'il vaut mieux avoir un Amant discret, qu'un Entreprenant et résolue en faveur du dernier.

L'Abrégé des coquettes répenties avant l'arrière saison, avec le récit des disgraces de celles qu'on y a contraintes à leur grand regret.

Le coup d'Etat ou le Formulaire des Déclarations à faire en secret, et des tons de voix différens dont il faut user, avec une exacte observation des temps et des lie x convenables à cet important mistère.

La science de coiffer en deux

D

parties, dont l'une est intitulée : la Prime, et l'autre Champagne.

Le moyen de bien friser et de boucler suivant l'air du visage.

La Dariolette travestie, où sont expliquées les adresses de négocier, sans être suspecte aux meres, ni aux maris, et de porter poulets sans les faire crier.

L'Entremise des Suivantes, avec une instruction pour les bien cajoler et gagner toutes sortes de Valets.

Le reméde au chagrin des yeux battus, et du mauvais teint.

La subtilité d'arracher les tannes sans douleur.

Le secret pour obvier aux tumeurs longues et incommodes.

La Carte des lieux propres à faire Cadeaux à dix lieues à la ronde.

Le plus beau quartier de la Ville
est la grande place qu'on peut ire
vraiment Royale, et pour son ex-
cellence, et parce que le Roi s'est
voulu loger au milieu, pour recon-
noitre d'un clin d'œil toutes les
cabales de ses Courtisans : Elle est
environnée d'une infinité de réduits
où se tiennent les plus notables as-
semblées de Coquetterie, et qui sont
autant de Temples magnifiques con-
sacrés aux nouvelles Divinités du
pays ; car au milieu d'un grand
nombre de Portiques, vestibules,
galeries, cellules et cabinets riche-
ment ornés, on trouve toujours un
lieu respecté comme un Sanctuaire,
où sur un autel fait à la façon de
ces lits sacrés des Dieux du Paga-
nisme, on trouve une Dame exposée

aux yeux du public, quelquefois
belle et toujours parée, quelquefois
noble et toujours vaine, quelquefois
sage et toujours suffisante, et là
viennent à ses pieds les plus illustres de cette Cour, pour y bruler
leur encens, offrir leurs vœux et
solliciter sa faveur envers l'Amour
Coquet, pour en obtenir l'entrée du
Palais des bonnes fortunes.

En ce même lieu sont les Ecoles
publiques pour l'instruction de la
Jeunesse, où des sept arts libéraux,
ils n'en observent que deux, bien
dire et mal faire; Et de toutes les
loix, ils ne travaillent qu'à celles
qui concernent le droit de Nature
et le droit des gens : aussi ne se
piquent-ils pas fort d'être grands
docteurs, et les plus habiles passent

toute leur vie en licence ; Mais ce qu'on en peut remarquer de plus honorable, est qu'ils ont donné l'autorité de régenter, aux personnes de condition, et que souvent on y voit des Princes en chaire faire des leçons publiques de Bagatelle.

Les femmes y tiennent les Académies où presque toutes courent le faquin et sont fort adroites à donner dans la visière ; les hommes y donnent les bagues et font les autres dépenses des Carrousels.

Les Brelans y sont ouverts à toute sorte de personne, où communément les femmes jouent à l'homme, et les hommes à la bête ; elle s'étudient toutes à bien jouer de la prunelle et au Quinola, car elles ont conservé le reversis, bien

qu'il soit aboli dans les Provinces
voisines. Il y en a d'humeur si hautaine, qu'elles ne veulent jouer qu'à
Prime et à la Triomphe; et les autres qui veulent un jeu couvert, ne
s'amusent à jouer qu'au Moine; Elles
engagent assez souvent les hommes
à jouer des couteaux, des hautbois,
au Roi dépouillé, et de leur reste,
faisant toujours bonne mine à mauvais jeu; quelques uns jouent à toutes
Dames, beaucoup jouent le double,
et tous jouent à Coquimbert, ou
qui gagne, perd.

Dans cette Place est un grand obé-
lisque de marbre noir, sur lequel
sont écrites en lettres d'or, les Loix
fondamentales de l'Etat, dont celles
qui suivent ne sont pas des moins
considérables.

Nul ne peut être naturalisé dans le Pays, qu'il n'ait été passé maître en fait de bagatelle..

Qui n'aura pas de quoi donner, se garnira d'une bonne duppe qui fournisse à l'appointement.

Les Maris seront tenus de nourrir les Enfans qu'ils n'auront pas faits, sans se mettre en peine de ce que les vrais pères pourront donner sous main pour leur entretien.

En attendant le retour du Cours, un bon mari peut boire un coup, pour se désennuier, s'il est tard, avec une défense d'entamer les bons morceaux.

Quiconque fera profession de fidélité, sera tenu de justifier qu'il est de la race des Amadis, ou des descendans de Céladon ; sinon et à faute de ce, il passera pour Idiot.

La modestie, la discrétion, et la retenue, n'auront aucune entrée dans l'Etat, sinon qu'elles puissent être utiles à celles qui sont obligées de cacher leur jeu.

Nulle ne pourra porter chapelet, ni heures à la chancelière, que pour occuper ses doigts, en écoutant le mot par dessus l'épaule.

Chacun sera soigneux en droit soi, d'arrêter les bons mouvemens que les fortes prédications auront excités dans le cœur.

Le remords de la conscience ne sera point écouté, à peine d'être exilé du Royaume.

Ces dernières loix ne doivent pas sembler fort étranges à qui saura que le peuple de cette Ile n'a point

de

de véritable Religion ; ce n'est pas
qu'il n'y ait beaucoup d'Églises dans
le pays, mais on n'y va point pour
prier Dieu, c'est seulement pour
voir, ou se faire voir, railler, sourire,
cajoler, résoudre les parties, prendre assignation débauche, et
faire servir les lieux saints aux pra-
tiques de l'iniquité ; et d'ordinaire,
quand ils font en apparence quelques
œuvres de piété, ce ne sont que des
profanations, et tous leurs sacrifices
y deviennent autant de sacriléges :
il est presque inoui jusqu'à présent,
que les hommes aient embrassé jamais une véritable dévotion ; et
quand les femmes s'y réduisent,
c'est ordinairement après une aven-
ture incroyable à qui n'y fera point
une sérieuse reflexion, pour en

reconnoître le sens mystique.

Derriére le Palais des Bonnes fortunes, est un Jardin d'assez belle étendue, qu'on appelle le Bureau des Récompenses. A cette parole, il n'y a Personne qui ne s'imagine un Paradis terrestre ; mais quoique l'art y fasse tous les jours quelque nouveau travail, c'est un lieu qui semble être maudit du ciel, où la Nature ne produit rien que de fâcheux et d'insupportable. Les palissades ne sont que de regrets et d'inquiétudes ; il n'y a pour fleurs que des pensées noires, des soucis renaissans, et des espérances perdues ; pour plantes, de l'absinthe et des amarantes, et pour fruits, des poires d'angoisse, et quelques autres qui n'ont pas meilleur goût. Les fontaines y jaillissent de tous côtés, mais les eaux en sont toujours amères, et de leur chûte, elles font le lac de confusion, au bord duquel est un sallon à l'Italienne, nommé la Berne des coquettes, fort haut et spacieux, élevé sur des colonnes mêlées de mépris et d'ingratitude. En cet endroit, s'assemblent à certains jours les plus fameux coquets, tous d'esprit rare et d'adresse singulière, et choisissant telle Dame qu'il leur plaît ou qui déplait entre celles que l'imprudence a conduites dans le Palais des Bonnes fortunes, ou que le dépit en retire, la font venir au milieu d'eux et l'ayant fort promenée dans toutes les allées du Jardin, et suffisamment rassasiée des fleurs et des fruits qui s'y recueillent, la menent dans le

E 2

sallon, où ils la mettent dans un
fauteuil pour en jouer au Roi Artus,
et après plusieurs croquignolles im-
prévues, génuflexions grotesques et
turlupinades ingénieuses, ils la dé-
pouillent insolemment de tous ses
ornemens , jusqu'à ceux qu'ils lui
avoient donnés , l'arrosent par trois
fois de l'eau de confusion qu'ils ont
toujours prête à cet effet , et lui
font en jolis vers un reproche public
de toute sa vie , qu'ils lui chantent
au né sur l'air des petits sauts de
Bordeaux. Ils n'épargnent ni ses
cheveux qui les ont enchainés , ni
ses yeux qu'ils ont adorés, ni sa
bouche qui fut pour eux un oracle
de vie et de mort, ni ses mains
qu'ils avoient estimées dignes du
sceptre de tout le monde: ils la

nomment perfide, ayant toujours
eu trois Galans à la fois; indiscrète,
ne pouvant cacher assignations,
présens, ni poulets; maligne, ja-
louse, importune, dont au com-
mencemenr elle ne fait que rire;
et comme ils continuent, elle se
fâche, et puis elle entre en colère,
s'emporte, et fait la désesperée;
lorsqu'ils la voyent dans cet état
qu'ils appellent de gaîe humeur,
ils la mettent dans une couverture
de soie de Barbarie, faite à la
Turque, et la bernent durant une
bonne heure : elle résiste, mais ils
s'en moquent; elle crie, mais ils
s'en rient; elle enrage, mais ils
s'en raillent; et quand ils en ont
pris assez de divertissement, ils se
retirent chacun de son côté, et la

laissent comme demi-morte. Cette
berne à la verité ne se doit faire ordinairement qu'en fantôme, mais
quelquefois ils la font en personne ;
les unes n'en sentent point le mal ,
et d'autres ne le veulent pas sentir ;
et de celles qui le ressentent, les unes
se condamment elles même à une
prison perpétuelle, d'autres se pré-
cipitent dans l'abîme du désespoir,
qui n'est pas éloigné du Jardin ,
et les plus sages se réfugient dans
la chapelle de S. Retour ; c'est un
lieu bâti en terre ferme, séparé de
l'Ile par un petit trajet, mais difficile a passer ; il est toujours occupé
par le capitaine Repentir, qui seul
a droit d'en rendre le chemin libre ;
c'est un mélancolique et qui presque toujours est en colére, mais au

reste , fort sage , pieux et charitable
à ceux qui recourent à lui. Ce n'est
pas qu'il ait coûtume d'écouter les
premières voix des coquettes qui
se plaignent de quelque traverse ,
et qui maudissent les désordres de
leur vie ; il pénétre le fond du cœur,
il en veut connaître la sincérité, et
n'assite jamais que celles qui prennent une bonne et forte résolution
de quitter cet impertinentRoyaume ;
car alors il les conduit en sûreté
dans cette chapelle miraculeuse ,
où sitôt qu'elles sont arrivées, elles
ouvrent les yeux , s'apperçoivent
bien qu'auparavant ils étoient fer-
més , et découvrent que tout ce
qu'elles pensoient voir n'étoit que
des illusions ; Que toutes les dou-
ceurs de cette île ne sont que des

amertumes déguisées, et que les
plaisirs apparens y produisent toujours de véritables douleurs ; que
les plus heureux sont presque toujours à la gêne, et que les satis-
factions extérieures n'y servent que
de voile aux soupirs, aux gémis-
semens, et aux plaintes ; qu'il n'y a
rien de plus malheureux, de plus
honteux et de plus détestable, que
ce lieu qu'ils nomment faussement
en langage du Pays, le Palais des
bonnes fortunes ; qu'il est en vérité
le piége des imprudens, l'erreur de
la Jeunesse, l'amusement de l'oisiveté, l'opprobre des conversations,
l'occupation des fous, le mépris
des sages, la ruine de la santé : la
désolation des familles, l'écueil
des vertus, et la source de mille

impiétés. Ainsi, prenant de meilleurs sentimens et des routes toutes contraires à celles qu'elles avoient suivies, elles jouissent d'un repos, et d'une satisfaction véritable, qu'elles avoient inutilement recherchés dans le séjour des troubles et des infortunes.

FIN.

OUVRAGES

DE L'ÉDITEUR,

et qui se trouvent chez lui.

Les Soirées de l'Automne, ou les Epanchemens de l'Amitié. 2 vol. in-18 fig. 3 l. 10 s.

Les Trois Nouvelles. 1 v. in - 18. fig. et musique. 1 l. 10 s.

Rosalie et Gerblois. 1 v idem. fig. 2 l.

La Vie, les Amours, le Procès et la Mort de Marie Stuart. 1 v. in-80. 2 l. 10 s.

Les Veillées du Couvent, ou le Noviciat d'Amour, Poëme. 1 v. in-18. fig. 1 l. 10 s.

Ismaël et Christine, Nouvelle Africaine. 1 v. in-18. fig. 1 l. 10 s.

Nouvelles Galantes et Tragiques. 1 v. id. 1 l.

De l'Utilité de la Flagellation. tr. du latin de Meibomius. 1 v. in-18 de 300 pages, en papier vélin. fig. superbe édition. 6 l.

L'Origine des Puces, et le Pucelage conquis, Poëmes libres, par le même. 1 v. in-18, fig. 2 l.